Georg Bydlinski
wurde 1956 in Graz geboren. Er studierte Anglistik und Religionspädagogik. Seit 1982 ist er als freier Schriftsteller tätig und hat bisher rund 60 Bücher veröffentlicht. Bydlinski wurde unter anderem mit dem Österreichischen Staatspreis für Kinderlyrik und dem Österreichischen Kinderbuchpreis ausgezeichnet und für den Deutschen Jugendliteraturpreis nominiert. Er lebt mit seiner Familie in Mödling bei Wien.
Unter www.georg-bydlinski.at ist der Autor auch im Internet vertreten.

Sabine Kraushaar
wurde 1972 in Maastricht geboren. Sie wollte schon immer Kinderbücher illustrieren und machte ihre Grafikausbildung an der Academie Beeldende Kunsten in Maastricht. Seit 1995 arbeitet sie als freie Illustratorin.

Georg Bydlinski

Immer diese Nervensägen!

Illustrationen von Sabine Kraushaar

UEBERREUTER

ISBN 978-3-8000-5225-7

Umschlagillustration und Innenillustration von Sabine Kraushaar
Umschlaggestaltung von Init, Büro für Gestaltung, Bielefeld

Druck: Druckerei Theiss GmbH, St. Stefan i. L.
1 3 5 7 6 4 2

Ueberreuter im Internet: www.ueberreuter.at

1

Liebes Tonband, ich muss dir was erzählen. Das war gestern wieder ein Theater: Schredder und Schriller in Bestform! Der eine hat den anderen an den Haaren gerissen, der andere hat losgeschrillt, dass die Wände gewackelt und die Nachbarn von unten mit dem Besen gegen die Zimmerdecke geklopft haben. Du weißt schon, die alten Hofmeister, die einmal schwerhörig sind und dann wieder jeden kleinsten Muckser mitkriegen. Je nachdem, wozu sie gerade Lust haben.

Wenn man sie grüßt, hören sie angeblich nichts und hinterher beschweren sie sich bei Mama, dass ich nie grüße und unhöflich bin. Wenn man hinter ihrem Rücken fast unhörbar flüstert: »Warum müssen immer die Kinder zuerst grüßen?«, dann verstehen sie natürlich jedes Wort und schütteln den Kopf. Hinterher beschweren sie sich bei Papa, dass ich frech bin und keinen Respekt vor dem Alter habe. Na ja, damit muss ich leben …

Zurück zu Schredder und Schriller. Nach zwei

Minuten waren sie schon wieder versöhnt und haben gemeinsam kleine Lego-Figuren in das Loch im Türstock gesteckt – dort, wo die Öffnung fürs Absperren ist. Da kriegt man sie nie mehr heraus!

Ich vermisse jetzt drei Piraten, einen Affen und den kleineren Löwen. Und den Anker vom Piratenschiff auch. Und die bunte Fahne vom Eisstand. Es ist so gemein! Mama ist dann froh, dass sie nicht mehr miteinander streiten, und sagt nichts. Oder sie bemerkt es gar nicht, wahrscheinlich.

Heute komme ich aus der Schule heim und da sind beide in meinem Zimmer! Obwohl ich doch das große Schild an die Tür geklebt habe:

EINTRITT FÜR KLEINBABYS VERBOTEN!

Ich hab mir im Vorzimmer gerade die Schuhe ausgezogen, da höre ich Schriller in meinem Zimmer losschrillen – so wie die Schabracken-Schriller in einem alten Donald-Duck-Heft. Das sind Vögel, die können Glas zerschrillen, so schrill schrillen sie. Schriller übt noch, aber ich bin sicher, es wird auch ihm bald gelingen.

Ich stürze ins Zimmer und werfe die Schultasche aufs Bett. Schriller sitzt auf meinem Kopfpolster, den er aus dem Bettzeug herausgebaggert hat.

Das ganze Bett ist zerwühlt. Er sieht mich und schrillt weiter. Mir kommt vor, das Fensterglas zittert schon. Jetzt weiß ich, warum Mama manchmal das Radio in der Küche so laut aufdreht!

●

Dann seh ich das noch viel Schlimmere: Schredder sitzt an meinem Schreibtisch und hat mein Fußballer-Album vor sich. Das mit den Einklebebildern. Das von der ganz neuen Meisterschaft. Aber er schaut es nicht an – er reißt alle Bilder heraus! Vor ihm liegt ein kleiner Stapel Mannschaftsbilder, ganz wellig und verknittert. Und drei Tormänner liegen da. Und die Seiten im Album haben Löcher …

Schredder tut so, als würde er mich nicht bemerken. Dabei stehe ich ganz dicht neben ihm. Gerade reißt er einem Stürmer die Beine ab. Wie soll der je wieder Tore schießen?

»Miiiiichiiii!!!«, schreie ich.

Er dreht sich kurz zu mir, lächelt mich an und zupft schnell noch ein Vereinswappen aus dem Album. Dann rutscht er vom Schreibtischsessel und rennt aus dem Zimmer. Schriller folgt ihm mit lautem Sirenen-Gejaule. Wenn jetzt einer von den beiden im Gang stolpert und sich wehtut, bin wahrscheinlich wieder ich schuld!

Liebes Tonband, ich muss den Großteil der rausgerissenen Bilder wegschmeißen. Vielleicht kann ich ein paar von Markus bekommen. Der hat viele doppelt und wir tauschen oft. Aber sicher hat er nicht alle doppelt, die ich brauche. Das Leben ist schwer, wenn man kleine Brüder hat, die noch dazu Zwillinge sind …

2

Liebes Tonband, für die Schule sollen wir etwas über unsere Familie schreiben. Am besten, ich sag erst einmal ins Mikro, was mir so einfällt. Und später hör ich mir alles an und such mir aus, was ich aufschreiben will.

Also: Wir sind fünf. Mein Papa ist Englisch- und Deutschlehrer am Gymnasium. Er bringt immer dicke Stapel Hefte aus der Schule mit und dann sitzt er irgendwo und verbessert und jammert dabei.

Im Sommer verbessert er gern auf dem Balkon. Da sitz ich manchmal neben ihm und lese auch was, wenn er nicht allzu sehr jammert. »Warum unterrichte ich nicht Turnen und Zeichnen?«, fragt er sich selber oft. »Dann müsste ich nie auch nur ein einziges Heft mit nach Hause nehmen!« – Aber wenn ich ehrlich bin: Papa kann schlechter zeichnen als ich mit meinen acht Jahren. Und turnen? Na ja, Schwamm drüber. Er geht zwar in den Fitnessklub und macht bei der Langsamlaufstunde

mit, aber sehr fit ist er nicht und langsamlaufen kann er auch nicht sehr lang.

Mama ist da schon besser im Langsamlaufen. Sie hat die Stunde miterfunden. Einmal in der Woche treffen sich ein paar Erwachsene auf der Wiese vor dem Schwimmbad und dann joggen sie. Nein, joggen soll ich nicht sagen, sagt Papa, weil er ja Englisch- *und* Deutschlehrer ist. Sag ich halt langsamlaufen. *Ein* Wort, verstanden? Langsam laufen kann jeder, aber langsamlaufen, dafür braucht man eine Gruppe und eine Stunde und eine Motivation oder wie das heißt.

Mama ist übrigens auch Lehrerin, aber nur halb. Nein, natürlich keine halbe Lehrerin, sie hat nur halb so viele Schulstunden. Weil sich der Haushalt nicht von selber macht, sagt sie. Und natürlich wegen Schredder und Schriller. Wenn sie in der Schule ist, passt Oma auf die beiden kleinen Monster auf. In der Schule haben sich Mama und Papa auch kennengelernt. Und verliebt. Und so. Dann bin bald ich gekommen.

Ich heiße Manuel. Manuel Huber klingt komisch. Vielleicht haben das meine Eltern auch bemerkt. Sonst hätten sie für meine Brüder nicht so gewöhnliche Namen ausgesucht. Aber meinen

Namen haben sie nicht mehr umgeändert, das wäre zu schwierig gewesen. Außerdem gewöhnt man sich an alles. Manuel allein gefällt mir eigentlich. Und Huber sagt sowieso keiner zu mir. Nur der Hugo aus der Vierten, und dem geh ich aus dem Weg, wo ich kann.

Schredder und Schriller heißen eigentlich Michi und Peter. Den Spitznamen Schriller hab ich mir ausgedacht. Der Peter brüllt nämlich immer gleich los, auch wenn gar nichts passiert ist. Vielleicht freut er sich, wenn die anderen sich ärgern. Dann grinst er und schrillt und schrillt und grinst wieder. Vielleicht wird er einmal Feuerwehr-Sirene.

Den Namen Schredder hat Papa erfunden, weil er ja Englischlehrer ist. Das englische Wort *shred* bedeutet »zerfetzen, zerreißen«, hat mir Papa erklärt. Und es passt so gut zu Michi. Denn der zerreißt und zerfetzt so gern. Ganz ruhig sitzt er da und reißt alle Swobodas aus dem Telefonbuch. Und wenn dann der Wasserhahn tropft oder das Klo verstopft ist und wir den Installateur Swoboda in der Fürstenstraße anrufen wollen, finden wir die Nummer nicht. Oder er zerfutzelt Mamas Einkaufsliste in lauter winzige Papierstückchen. Und dann vergisst Mama sicher die Großpackung Pommes frites oder die Papiertaschentücher. Einmal hat er sogar ein Heft von Papas Heftstapel erwischt … Seitdem legt Papa die Hefte immer ganz oben auf den Wohnzimmerschrank.

Jetzt fällt mir ein Schluss-Satz ein, liebes Tonband: Wenn man in unserer Familie lebt, braucht man viel Geduld. – Das war's für heute. Ende!

3

Liebes Tonband, ich bin froh, dass ich dich habe. War eine gute Idee von Onkel Hannes, dich mir zu Weihnachten zu schenken. Hätte ich ihm gar nicht zugetraut, dem Geizkragen! Aber er war so gerührt, wie ich ihn einmal in seinem Büro besucht und sein Diktiergerät bewundert hab. Das, wo er die Briefe draufspricht, die die Sekretärin für ihn schreibt. Manchmal sagt er am Ende nur: »Beste Grüße, blablabla, Sie wissen schon, Frau Steiner«, und die Sekretärin weiß, was er meint, und schreibt: »Mit herzlichen Grüßen und bestem Dank für die gute Zusammenarbeit. Ihr sehr ergebener …« Dann muss Onkel Hannes nur noch Johannes Hobinger darunterschreiben, wenn der Brief ausgedruckt ist.

Jedenfalls hätte ich nie gedacht, dass in dem kleinen Weihnachtspäckchen, das ganz hinten unter dem Baum gelegen ist, so ein Diktiergerät drin sein könnte! Aha, typisch Onkel Hannes – ein Mini-Geschenk, das war meine erste Reaktion.

Kekse? Buntstifte? Eine kleine Lego-Packung?, hab ich mich gefragt. Vielleicht mit Tankstelle und Zapfsäule, weil Onkel Hannes ja bei einer großen Benzin-Firma ist? Ich hab's als Allerletztes aufgemacht und dann war ich ganz überrascht.

Ein eigenes Tonband, so klein, dass ich es in die Jackentasche stecken und überallhin mitnehmen kann!

Ich hab auf den *stop/eject*-Knopf gedrückt, da ist das Türchen aufgesprungen und ich hab die winzige Kassette gesehen. So klein! Dass man da wirklich etwas draufsprechen kann und es auch oben bleibt!

Dann hab ich das Türchen wieder zugemacht und auf *play* geschaltet. Da hör ich doch wirklich die Stimme von Onkel Hannes. Er kichert wie ein Erstklässler und dann sagt er: »Frau Stei-, äh, Manuel, frohe Weihnachten, blablabla, du weißt schon …« Dann kichert er noch einmal, es klickt im Lautsprecher und ich höre nur noch das leere Band rauschen.

Ich wusste gar nicht, dass Onkel Hannes so spaßig sein kann. Na ja, ohne Humor hält man es in seinem Büro wahrscheinlich nicht aus.

Ich habe jedenfalls gleich eine Familien-Runde

gemacht und die Stimmen von allen Angehörigen eingesammelt. Oma und Opa haben »Gesegnetes Fest!« draufgesagt, Mama »Frohe Weihnachten, Manuel!«, Papa »Merry Christmas!«, weil er ja auch Englischlehrer ist. Schredder hat mir die Zunge rausgestreckt und ganz laut »Bööööh!« gemacht.

Und Schriller? Na klar, der hat losgeschrillt, dass ich das Mikro gleich wieder ausgeschaltet habe. Ich lass mir doch nicht gleich am allerersten Tag von so einem Lärmzwerg mein Diktiergerät kaputtschrillen! Aber Schriller ist mir nachgelaufen und hat weitergeschrillt, bis ich ihn mit einem kleinen Schubs auf das Sofa befördert hab.

Ich hab ihn nur ganz leicht berührt, trotzdem ist das Schrillen sofort in ein Plärren übergegangen und Schriller ist vom Sofa heruntergeplumpst und zu Mama hingelaufen und hat auf mich gezeigt und »Manuel Au-au gemacht« gesagt und weitergeplärrt.

Mama hat mir mit dem Finger gedroht und gemeint, ich soll wenigstens zu Weihnachten friedlich sein. Dabei war *ich* ohnehin friedlich. Friedlich und leise. Aber so ist es immer. Ich bin immer schuld.

Später war es wirklich einmal zehn Minuten richtig ruhig. Jeder hat mit seinen Geschenken gespielt oder leise geplaudert. Da hab ich gehört, wie Papa zu Opa gesagt hat: »Wetten, der Hannes hat Manuels Diktiergerät nicht selber bezahlt.«

»Du meinst, er hat so getan, als würde er es für die Firma brauchen?«, hat Opa zurückgefragt.

Papa hat genickt, Opa hat gegrinst. »Was hast denn du von ihm bekommen?«, wollte er von Papa wissen.

»Eine Packung mit zehn Billig-Kugelschreibern«, hat Papa geantwortet, »und der einzige, der rot schreibt, hat schon gefehlt.«

»Na dann Prost«, hat Opa gesagt und sie haben mit ihren Weingläsern angestoßen.

4

Das Leben ist nicht immer leicht, liebes Tonband. Wenn man sechs Jahre lang das einzige Kind war und plötzlich ist man nur noch eines von dreien. Wenn man aus dem großen Zimmer ausziehen muss, wo alle Mickymaus-Taschenbücher, alle Zeichnungen, alle Brettspiele, alle Stofftiere mühelos Platz hatten. Wo man notfalls auf dem Fußboden die Schulaufgaben machen konnte, wenn der Schreibtisch wieder einmal vollgeräumt war. Wo neben dem Schrank noch eine kleine Nische zum Versteckenspielen war.

Jetzt haben Schredder und Schriller das große Zimmer. Und ich habe das kleine, wo Mama früher gebügelt und den Ständer mit nasser Wäsche zum Trocknen aufgestellt hat. Das Bett und der Schreibtisch und der Schreibtischsessel und der Schrank gehen gerade hinein. Und die Taschenbücher stehen hoch oben im Regal. Die Stofftiere sind bei Schredder und Schriller geblieben. Die hätten ja auch gar keinen Platz gehabt.

»Du bist sowieso schon zu groß dafür«, hat Mama gemeint.

Zum Glück braucht mein Gameboy nicht viel Platz. Und die Gameboy-Spiele auch nicht. Und ich habe einen Schlüssel, mit dem kann ich die Tür von innen zusperren, wenn ich ungestört spielen will. Und das tu ich auch.

Natürlich hab ich Schredder und Schriller *auch* lieb. Aber das geht nicht immer. Wie ich sie im Krankenhaus zum ersten Mal gesehen habe, haben beide geschlafen. Sie waren so klein und süß. Wie lebendiges Spielzeug. Und Mama und Papa waren ganz glücklich. Wir sind nur dagesessen und haben sie angeschaut. Wie sie im Schlaf den Mund verzogen haben und die Hände bewegt. Und wir haben zugehört, wie sie geatmet haben. Doppelgeatmet, weil sie ja Zwillinge sind. Das hat mir schon gefallen. Eine Zeit lang. Dann ist es langweilig geworden und ich hab gesagt: »Papa, gehen wir wieder heim!«

In den nächsten Tagen hab ich aber schon gemerkt, wie anstrengend die beiden sein können. Sie haben sich abgewechselt beim Weinen und Mama hat alle Hände voll zu tun gehabt. Sie ist richtig rotiert vor lauter Arbeit. Wenn der eine die

Windel voll gehabt hat, wollte der andere gerade trinken. Immer hat einer geheult und manchmal auch beide zugleich – roter Kopf, zugekniffene Augen, weit offener Mund.

Und als dann Papa zu mir gesagt hat: »Freu dich, Manuel, morgen kommt Mama heim!«, da hab ich ihn gefragt: »Papa, nehmen wir alle zwei mit?« Das weiß ich noch, weil Papa darauf so furchtbar laut gelacht hat. »Du bist mir ein Spaßvogel, Manuel!« Aber ich hab es ernst gemeint, glaub ich. Oder?

Und dann ist Mama mit den Zwillingen nach Hause gekommen. Sie hat mich ganz fest umarmt und hat mir übers Haar gestrichen. »Jetzt haben wir so lang auf ein Geschwisterl für dich gewartet«, hat sie gesagt. »Und auf einmal sind es zwei. Ist das nicht schön?«

Was soll man da schon antworten außer Ja?

5

Eines ist klar wie Leitungswasser: Langweilig wird es mit Schredder und Schriller nie. Für alle Beteiligten nicht. Die zwei haben Ideen! Gestern hat uns die Nachbarin für ein paar Stunden ihre Katze geborgt, damit wir mit ihr spielen können. Die Nachbarin musste weg, in ein Möbelhaus, weil sie eine neue Küche bekommen soll. Ja, das hat sie gesagt: »Wir kriegen eine neue Küche!«

Ich hab mir schon vorgestellt, wie die Handwerker kommen und die alte Küche herausreißen: Erst tragen sie den Herd und den Geschirrspüler und den Esstisch weg, dann montieren sie die Hängeregale ab und die Bilder, dann schneiden sie die Lampe von der Decke und zuletzt holen sie Pressluftbohrer und reißen die Wände nieder. Mit so viel Lärm, dass nicht einmal Schriller eine Chance hat. Dann sind sie ganz verschwitzt und staubig im Gesicht, aber kaum sind sie mit der Arbeit fertig, kommen schon andere Handwerker – die lächeln wie in der Fernsehwerbung, sind frisch gekämmt und tragen blitzsaubere Arbeitskleidung. Einer von ihnen singt: »Tri tra, die neue Küche ist schon da!«

Und sie beginnen neue Wände aufzubauen, mit einer Art Riesen-Legosteine, knallbunt und farbenprächtig, und dann hängen sie die Bilder auf und die neuen Regale. Gleich danach liefern sie den neuen Herd und den neuen Geschirrspüler und einen blitzblanken Esstisch und Sessel dazu. Die Lampe dürfen sie auch nicht vergessen, die hat jetzt drei Birnen statt einer und man kann sie rauf und runter ziehen, wenn einem fad ist. Und die Nachbarin strahlt wie in der Werbung und der Oberhandwerker sagt: »Erst pfui, dann hui – die Super-Küche von *Na wui!*« Ich glaub, ich sollte Werbetexter werden, liebes Tonband, was meinst du?

Egal, jedenfalls hat die Nachbarin die Katze gebracht. So eine richtige Tigerkatze, nur halt schon ein bisschen faul und alt. Herumtigern kann sie gar nicht mehr richtig, nur herumliegen wie ein Bettvorleger und herumschleichen wie eine Mischung aus Schnecke und Aufziehtier.

»Michipeter«, hat Mama gesagt, »seid lieb und zart zu ihr!« Sie sagt immer »Michipeter« in *einem* Wort, wenn sie beide meint. »Petermichi« hat sie noch nie gesagt, fällt mir gerade auf. Vielleicht, weil der Michi um zehn Minuten älter ist als der Peter.

Kaum ist Mama aus dem Zimmer gegangen, will Schriller auf der Katze reiten. Er sagt: »Hü hott, Katzenpferd!« Gerade als er sich auf ihren Rücken setzen will, läuft sie davon. Schriller landet auf dem Popo. Zornig schreit er noch einmal: »Hü hott!«

Aber Schredder hat die Katze erwischt. Er hält ihren Schwanz fest und will ihr ein paar Haare ausrupfen. Und dann passiert alles gleichzeitig: Schriller schrillt los, weil die Katze nicht tut, was er will. Die Katze erschrickt, weil Schriller schrillt und Schredder an ihren Schwanzhaaren reißt. Sie faucht und kratzt Schriller an der Hand. Der erschrickt auch und heult und die Katze springt mit einem Satz unter den Schrank und Schredder heult auch los – wahrscheinlich, weil er nur zwei Haare erwischt hat.

Ich hätte nie gedacht, dass so ein altes Tier noch so schnell flüchten kann! Gerade als ich mich darüber wundere, kommt Mama herein. Sie sieht die heulenden Zwillinge. Schriller hält ihr die Hand mit dem Kratzer hin. Mama streichelt und tröstet die beiden. Dann wirft sie mir einen strengen Blick zu und sagt: »Hättest du nicht ein bisschen aufpassen können?!«

Die Katze ist die ganze Zeit unter dem Schrank geblieben. Ein paar Mal hat sie vorsichtshalber gefaucht, auch wenn Schredder und Schriller gar nicht in der Nähe waren. Mama und ich haben ihr das Schüsselchen mit dem Futter unter den Schrank geschoben und das mit dem Wasser auch. Später ist sie dort sogar eingeschlafen.

Dann ist die Nachbarin gekommen und hat gejammert, wie teuer Küchen sind und dass sie vielleicht doch noch keine neue braucht. Ich war plötzlich ganz enttäuscht und hab in meinem Kopf lauter traurige Handwerker auf den Stufen im Stiegenhaus sitzen gesehen.

Die einen waren traurig, weil sie die alte Küche und die alten Wände nicht herausreißen durften. Und die anderen waren traurig, weil sie so gern

●

die neuen Sachen geliefert und angeschraubt und montiert hätten. Jetzt sind sie wahrscheinlich alle arbeitslos, hab ich mir vorgestellt, und müssen zu Hause Lego spielen.

»Wo ist meine Katze?«, hat die Nachbarin dann gefragt.

Mama hat sie stumm ins Wohnzimmer geführt und unter den Schrank gedeutet. »Sie schläft«, hat Mama gesagt. Und wirklich hab ich ein Schnurren unter dem Schrank gehört.

»Unter dem Schrank?«, hat die Nachbarin verwundert gefragt. »Hab ich Ihnen nicht das Katzenkörbchen mitgebracht?«

Mama hat keine Antwort gegeben und blitzschnell zwei Tennisbälle, einen Plastikfrosch und drei Butterkekse aus dem Katzenkorb entfernt.

Die dicke Nachbarin ist flach auf unserem Wohnzimmerboden gelegen, hat ihren Kopf unter den Schrank gesteckt und mit hoher Stimme »Miez-miez-miez« gesagt. Diesen Anblick werde ich nie vergessen!

Eine Stunde später ist die Katze dann aufgewacht.

»Danke für die drei Tassen Kaffee«, hat die Nachbarin zu Mama gesagt. Sie hat die Katze in den

Korb gesetzt und die Katze ist auf allen Seiten übergehangen, so dick und satt war sie. Schwabbelschwabbel, hab ich mir gedacht, als die beiden unsere Wohnung verlassen haben.

Da ist mir Schredder im Gang entgegengelaufen und hat mir ein kleines Döschen mit den Katzenhaaren entgegengestreckt. Und Schriller ist ihm hinterhergehüpft und hat mir stolz sein Pflaster gezeigt. Und in der Küche hat Mama geseufzt und den Geschirrspüler angeworfen. Und ich hab die leeren Katzenschüsseln unter dem Schrank herausgeangelt.

Und dann ist Papa vom Nachmittagsunterricht heimgekommen und hat um einen starken Kaffee gebeten. Aber Mama hat gesagt: »Mach ihn dir heute bitte selber!«

6

Beim Aufwachen ist mir heute Früh ein Gedanke gekommen, ganz kurz nur, wie ein Aufblitzen. Was wäre, wenn … Dann hab ich es wieder vergessen, nicht mehr dran gedacht. Aber in der Schule, in der großen Pause, als ich mit Markus im Hof herumspaziert bin, war der Gedanke wieder da: Was wäre, wenn …

Dann haben mich das Rechnen und Schreiben und Turnen und Raufen auf dem Heimweg abgelenkt. Und Mama hat Hühnerschnitzel mit Kartoffelpüree zum Mittagessen gekocht und ich hab mir Unmengen Ketchup dazu genommen. Dann war ich ganz schön satt und ganz schön müde und hab mich ausgeruht und Mickymaus gelesen und eine Runde Gameboy gespielt.

Aber später, nach den Hausaufgaben, war der Gedanke plötzlich wieder da: Was wäre, wenn …

Jetzt bist du wahrscheinlich schon sehr gespannt, was ich meine, liebes Tonband. Aber ein bisschen lass ich dich noch zappeln. Was wäre, wenn ich schon erwachsen wäre? Nein. Wenn ich reich und berühmt wäre? Nein. Wenn ich zaubern könnte? Nein. Wenn ich drei oder fünf oder zehn Leben hätte wie die Figuren im Videospiel? Wieder nein.

Der Gedanke, der heute Morgen ganz plötzlich in meinem Kopf war, ist der: Was wäre, wenn *ich* einen Zwillingsbruder hätte? Nicht Brüder, die Zwillinge sind – die hab ich sowieso –, sondern einen eigenen Zwilling oder wie man da sagt. Einen, mit dem man mich verwechseln kann, weil wir uns so ähnlich schauen. Einen, der beim Essen und in der Schule neben mir sitzt und mit dem ich Fahrrad fahre und ins Schwimmbad gehe. Einen, der mir beim Gameboyspielen über die Schulter schaut und mir Tipps gibt. Oder einen eigenen Gameboy hat und wir spielen gemeinsam, mit einem Verbindungskabel. Oder er hat keinen und will immer meinen ausborgen, wenn ich gerade selber spielen will. Und dann bittet und bettelt er, bis ich nachgebe. Oder mit ihm streite. Oder wir sind so vernünftig, dass wir ausmachen: Erst spiele ich eine Viertelstunde, dann er. Oder umgekehrt.

Vielleicht würde er Emanuel heißen. Das ist so

ähnlich wie mein Name, aber doch auch ein bisschen anders. Weil anders, wenigstens ein bisschen, müssten wir zwei schon auch sein, denn sonst … Wenn ich am Morgen noch ganz verschlafen ins Badezimmer gehe und mich wasche und in den Spiegel schaue, weiß ich ja sonst nicht, ob ich es bin oder er. Und Emanuel ginge es genauso mit mir.

●

Nur in der Schule wäre es lustig. Die Lehrerin könnte uns beide nicht unterscheiden. Und dann würde ich nie für den Sachunterricht lernen. Wenn die Lehrerin »Manuel« ruft, würde Emanuel aufstehen und die Frage beantworten. Und wenn sie »Emanuel« ruft, dann natürlich auch.

Aber ob sich Emanuel für den Sachunterricht interessiert? Ich könnte dafür ja das Einmaleins übernehmen, denn ich rechne gern. Aber dann müssten wir uns immer ganz gleich anziehen, sonst würde sie uns nicht verwechseln. Roter Pullover, blaue Hose. Grüne Sporthose, weißes T-Shirt beim Turnen. Und die gleichen Schuhe. Und die gleiche Frisur.

Ob das so toll wäre? Dann wüsste ich ja, wenn ich in den Spiegel schaue, wieder nicht, ob ich es bin oder er. Ob ich er bin. Ob er ich ist. Das wäre zu verwirrend. So richtig über-drüber. Zum Schwindligwerden!

Und ich wüsste nicht: Bin ich jetzt doppelt oder bin ich geteilt?

Es wäre wohl doch besser, wenn Emanuel und ich *nicht* dasselbe anhätten. Und nicht dieselbe Frisur. Ich könnte die Haare lang haben und er eine stoppelkurze Glatze. Vielleicht ist er ja sportlicher als ich. Oder er trägt die Haare länger und ich lasse mir eine Irokesenfrisur schneiden. Damit erschreck ich Oma. Und Onkel Hannes. Aber vielleicht schenkt er mir dann nichts mehr. Und ich hab doch erst vor kurzem dich von ihm bekommen, liebes Tonband!

Emanuel könnte sich die Haare grün färben wie der Max aus dem fünften Stock. Und ich färb sie mir blau oder rot, je nach Laune. Dann könnten wir beide Oma und Onkel Hannes damit ärgern. Oma wäre ja dann auch seine Oma und Onkel Hannes sein Onkel. Aber ob der zu Weihnachten *zwei* Tonbänder hergeschenkt hätte?

Oder würde ich gar kein Tonband brauchen, wenn ich Emanuel hätte?

Oder wäre ich sogar neidisch und eifersüchtig, weil ich nicht allein der Älteste bin?

Vielleicht wäre Emanuel ja sogar fünf Minuten älter als ich!

Es ist alles so verwirrend. Wie ich schon gesagt hab: zum Schwindligwerden.

Über so was denken Schredder und Schriller natürlich nicht nach. Sie spielen mit ihren Autos und Bauklötzen und nehmen sich gegenseitig die

Spielsachen weg. Das krieg ich sogar durch die Wände mit: Immer wenn Schriller loslegt, hat ihm Schredder garantiert etwas weggenommen! Ein Stofftier oder ein Bilderbuch oder einen Ball. Kurz darauf hör ich Mama ins Zwillingszimmer eilen und den Streit schlichten.

Aber meistens verstehen sich Schredder und Schriller ganz ausgezeichnet. Schriller zeichnet ein Krixikraxi auf Mamas alten Kalender, den vom Vorjahr. Den hat sie den beiden zum Zeichnen gegeben. Wenn Schriller fertig ist, reißt Schredder das Kalenderblatt ab und macht lauter klitzekleine Konfetti daraus. Die verteilen die beiden dann im Kinderzimmer und auf dem Gang und im Wohnzimmer – bis Mama schimpft. Dann laufen sie ins Kinderzimmer zurück und Schriller beginnt mit dem nächsten Bild.

Wenn Schriller aufgeregt ist und dringend etwas braucht, spricht er eine Art Geheimsprache. Eine Sprache, die nur Schredder versteht. Es klingt so ähnlich wie »häptn-däptn-raftn-raftn« und ich weiß überhaupt nicht, was er meint. Mama und Papa auch nicht.

Aber Schredder geht ganz ruhig zum Regal und bringt Schriller das Bilderbuch mit dem entsetzlich

dicken Gürteltier. Oder das mit dem Känguru, das seine Mutter verloren hat. Oder das Buch, das aussieht wie ein richtiger Saurier, wenn man es aufklappt.

Manchmal sagt Schriller »raftn-raftn-häptn-däptn«

und dann legt sich Schredder bäuchlings auf den Boden und fischt das rostige Rennauto unter dem Bett hervor. Oder den Aufzieh-Affen, der Purzelbäume machen kann. Oder das Küchensieb, das Mama schon seit Tagen sucht.

Warum sich Schriller die Sachen nicht selber holt, weiß ich nicht. Vielleicht, weil er so aufgeregt ist. Vielleicht, weil er nicht weiß, wo die Sachen sind. Oder ganz einfach, weil es praktischer ist.

Ob ich mit Emanuel auch eine Geheimsprache hätte?

7

Markus hat mir ein paar von den Fußballer-Bildern geben können, die mir Schredder vor einigen Tagen ruiniert hat. Er hat sie sowieso doppelt und dreifach gehabt. In manchen Lieferungen, die das Geschäft bekommt, sind überall die gleichen Bilder drin. Und wenn man Pech hat und sein ganzes Taschengeld hineinsteckt (»investiert«, würde Onkel Hannes sagen, das Wort hab ich mir gemerkt!), dann kann es schon passieren, dass man nur zwei, drei neue Fußballer kriegt, dafür aber siebzehn doppelte.

Markus kann sich oft Fußballer-Bilder kaufen. Auch andere Sachen, sogar Videospiele und so. Er ist nämlich ein Einzelkind und seine Eltern arbeiten beide und verdienen gut. Der Vater ist Oberarzt im Krankenhaus und die Mutter sitzt in der Krankenhausverwaltung am Computer.

Sie haben so ein Einfamilienhaus am Stadtrand, mit einem großen Garten, in dem aber fast nichts drin ist außer Grün. Gras, kurz geschnittenes Gras, und einige wenige niedrige Büsche. Dann natürlich der Swimmingpool und gleich daneben die Schaukel und die Sandkiste. So, das wär's auch schon. Den Kiesweg zum hinteren Garageneingang hab ich vergessen, aber der gehört eigentlich gar nicht mehr so richtig zum Garten.

Die Sandkiste benützt Markus schon lange nicht mehr. Die ist ihm zu babyartig. Vielleicht würde er ab und zu noch ganz gern im Sand spielen, aber das würden dann alle Nachbarn mitkriegen, weil der Garten ja so glatzig ist. Und dass die Nachbarn sehen, wie er mit seinen acht Jahren Sandburgen baut – das will Markus nicht.

Aber die Schaukel benützt er oft. Wenn man ganz hoch und wild schaukelt, schwebt man ein kurzes Stück direkt über dem Swimmingpool. Manchmal glitzert die Sonne auf dem Wasser. Das ist schön. Es blendet und verzaubert einen irgendwie. Und deshalb schaukelt Markus gern hoch und wild, obwohl es ihm seine Eltern verboten haben.

Markus ist mein bester Freund. Eigentlich schon seit der ersten Klasse. Im Kindergarten haben wir uns noch nicht gekannt, weil er in einen feinen Privatkindergarten gegangen ist und ich in den normalen. Aber gleich nach dem ersten Schultag haben wir uns in eine Bank gesetzt und komischerweise vertragen wir uns immer noch. Meistens. Fast immer.

So einen Garten wie Markus hätt ich schon auch gerne. Ich meine: einen Garten, der so groß ist wie seiner. Ich würde aber viel mehr anpflanzen und das Gras höher wachsen lassen. Und ich hätte Obst- und Nadelbäume in meinem Garten und Blumenbeete und Sträucher und vielleicht sogar ein Beet mit Schnittlauch und Karotten. Weil der Schnittlauch mir so gut auf dem Butterbrot schmeckt. Und weil die Zwillinge für kurze Zeit Ruhe geben, wenn man ihnen eine Karotte in den Mund steckt.

Seltsam ist nur, dass der Garten von Markus fast immer leer ist. Meiner wäre das nie. Ich würde immer Freunde einladen und Oma würde die Beete umstechen und Schredder und Schriller würden herumtoben und Mama und Papa würden unter einem riesigen Sonnenschirm Hefte verbessern.

Und im Winter könnte man auf der Wiese Schilanglauf üben. Und Schredder und Schriller könnten Schneemonster bauen und Schneeburgen. Und vielleicht wären in einer Ecke im Keller noch ein paar schrumplige Karotten zu finden, mit denen könnte man den Schneemonstern Nasen machen. Falls Schredder und Schriller sie nicht vorher auffuttern würden.

Leider haben wir keinen Garten. Wir haben nur die kleine Wiese rund um unser Hochhaus. Die gehört allen und die Hundebesitzer benützen sie als Hundeklo. Beschissene Situation, meint Papa immer.

Aber wie gesagt, auch Markus hat nicht allzu viel von seinem Garten. Nur abends, wenn er aus dem Schülerhort heimkommt, und am Wochenende, falls sie nicht in ihr Bauernhaus fahren. Und der Vater von Markus, der Herr Oberarzt, hat noch weniger von seinem Garten, weil er dauernd Dienst hat. Und die Mutter ist von Montag bis Freitag auch immer den ganzen Tag im Büro. Und wenn sie sich einmal Urlaub nehmen, dann fliegen sie gleich nach Tunesien oder Sri Lanka oder Alaska.

Markus ist um drei Zentimeter größer als ich. Seit kurzem trägt er eine Brille. Er hat nämlich nicht mehr alles lesen können, was die Lehrerin an die Tafel geschrieben hat. Und er hat manche Rechnungen falsch abgeschrieben. Da sind sie dann draufgekommen, dass er kurzsichtig ist. Gleich zwei Dioptrien. Mir gefällt seine Brille, sie sieht richtig sportlich aus.

Aber er war ganz unglücklich, wie er sie gekriegt hat. Und ein paar von den Mädchen haben ihn gehänselt und »Herr Obergscheit« genannt. Außerdem muss er im Turnen beim Abschießen aufpassen, dass er den Ball nicht draufkriegt. Die Brillengläser sind zwar aus Kunststoff, aber er könnte sich trotzdem wehtun.

●

Jedenfalls hab ich ihn wegen der Brille getröstet und ihm gesagt, sie ist in Ordnung und passt zu ihm. Und er hat mich getröstet, wie mich der Hugo aus der Vierten so gemein drangekriegt hat. Der hat mich vor der Schule abgepasst. Und gesagt, dass er Fußballbilder mit mir tauschen will.

»Welche hast du denn überhaupt, Huber?«, hat er mich gefragt.

Und ich zeig ihm meine Bilder, nicht nur die doppelten, auch die, die ich nur einmal habe und auf die ich besonders stolz bin.

Er nimmt sie mir aus der Hand und schaut sie lange an. Dann schnappt er sich fünf von den allerseltensten und steckt sie in seine Jacke.

»He!«, sag ich. »Das geht nicht, die brauch ich selber!«

»Kriegst ja was dafür«, gibt er zur Antwort. Und dann greift er in seine andere Tasche, zieht aber nur seine leere Hand wieder heraus und haut mir eine herunter. Ganz schnell und fest. Und dabei lacht er hundsgemein. Und schon ist er fort, rennt durchs Schultor und grüßt scheißfreundlich die Frau Direktor.

Ich habe geweint und mich geärgert und war so

gekränkt und erschreckt zugleich, dass ich zur Direktorin kein Wort sagen konnte. Ich bin schnell in die Klasse gelaufen, auf meinen Platz, und habe mein Gesicht in den Händen versteckt. Zum Glück ist gleich darauf Markus hereingekommen. Er hat mich gefragt, was los ist, und ich hab ihm alles erzählt. Da hat er seinen Arm um meine Schulter gelegt und gefragt, ob's noch wehtut.

»Außen nicht«, hab ich gesagt, »innen schon!«

Dann sind wir so dagesessen, bis die Schulglocke geläutet und die Stunde begonnen hat. Und in der nächsten Pause hat er mir drei von den fünf Bildern, die mir der Hugo weggenommen hat, einfach geschenkt. Eines davon hat er nicht einmal doppelt gehabt!

Ich habe der Lehrerin das mit dem Hugo erzählt und sie hat gesagt, sie wird mit ihm reden. Und nach der großen Pause hat sie gesagt, sie hat den Hugo darauf angesprochen, aber er sagt, ich lüge! Das war so gemein, dass ich wieder weinen musste. Und Markus hat mich wieder getröstet.

»Manchmal kommt ihr zwei mir vor wie richtige Zwillinge!«, hat die Lehrerin gesagt.

8

Liebes Tonband-Tagebuch – oder bist du ein Tagebuch-Tonband? Ein Tonbuch oder gar ein Tageband? Ein Tontagebuch – das klingt nicht schlecht! Besser jedenfalls als Tagebuchband.

Heute hab ich viel Zeit zum Worteverdrehen. Ich habe ein Buch, das heißt »Sprachbastelbuch«, und wenn man die Reime und Gedichte und Unsinnsgeschichten darin liest, kriegt man selber Spaß am Verblödeln und Verknödeln von Wörtern.

Drum reim ich gerne vor mich hin,
das ergibt zwar keinen Sinn,
aber lustig ist es doch,
nur die Übung fehlt mir noch.

War gar nicht so schlecht, oder?

Was will er, was will er,
der Schredder vom Schriller,
der Michi vom Peter?
Das Fieberthermometer?

He, das ist fast schon genial! Wenn ich weiterübe, werd ich vielleicht sogar noch einmal Dichter. Oder Werbetexter.

Warum ich so viel Zeit zum Blödeln hab? Ich bin krank, liebes Tonband, so mittelkrank. Ich hab ein bisschen Halsweh und ein bisschen Husten und ein ganz kleines bisschen Kopfweh. Und ich bin gar nicht unglücklich darüber, denn da versäum ich die Doppelstunde Handarbeiten in der Schule.

Wir häkeln und stricken gerade. Und die neue Handarbeitslehrerin hat es auf mich abgesehen und bemerkt jeden kleinsten Fehler, den ich mache. Die großen sowieso. Und wenn Mama statt mir die Hausaufgabe weiterstrickt, merkt sie das auch, obwohl Mama immer extra kleine Fehler hineinschwindelt.

Jedenfalls war ich so erleichtert, dass ich heute nicht handarbeiten muss – da ist das Kopfweh gleich ganz verschwunden. Papa hätte mich beinahe in die Schule schicken wollen, aber Mama hat gemeint: »Wenn er einmal zu Hause bleibt, schadet das nicht. Er fehlt ja fast nie!«

Da hab ich innerlich gejubelt und mich sofort noch besser gefühlt.

Als Papa und Mama die Wohnung verlassen haben, ist gerade Oma gekommen, wie immer an Mamas Unterrichtstagen.

●

»Wisst ihr, was mir passiert ist?«, hat sie gefragt und gleich selbst die Antwort gegeben: »Ich bin mit dem Lift zu euch in den dritten Stock heraufgefahren, aber beim Aussteigen hab ich statt auf den Türöffner auf den Alarmknopf gedrückt. Unabsichtlich! Ich hab nicht richtig hingeschaut, weil ich heute ja so spät dran bin! Glaubt ihr, ist das sehr schlimm?«

Papa hat auf die Uhr geschaut. »Hoffentlich nicht«, hat er gesagt. Und Mama hat hinzugefügt: »Mutti, wir müssen los, ich habe vor der ersten Stunde Gangaufsicht!«

Plötzlich ist die Hausmeisterin vor ihnen gestanden, mit ärgerlichem Gesicht, klatschnassen Haaren, in einem rosaroten Bademantel und alten Holzpantoffeln.

»Wissen Sie vielleicht, welcher Trottel auf den Alarmknopf gedrückt hat?«, hat sie gefragt. »Dabei geht der Lift tadellos!«

»Tut mir leid«, hat Oma gemurmelt. Aber sie hat offen gelassen, ob sie es gewesen ist oder ob sie nur die Störung bedauert hat.

»Ich war gerade unter der Dusche«, hat die Hausmeisterin zornig gesagt.

»Man sieht's«, hat Mama gemeint.

Und Papa hat gesagt: »Ja, wenn er geht, dann nehmen wir den Lift. Wir müssen nämlich endlich los!«
Mama und Papa sind in den Aufzug gestiegen,

haben gegrinst und noch einmal gewinkt. Die Tür ist zugegangen und der Lift ist losgefahren und Oma hat noch einmal gemurmelt: »Tut mir sehr leid für Sie. Wirklich!«

Und gerade als die Hausmeisterin kopfschüttelnd und tröpfelnd die Stufen zu ihrer Wohnung hinuntergeschlapft ist, hat das Alarmsignal schon wieder losgelärmt!

Ob du's glaubst oder nicht: Der Lift mit Mama und Papa ist zwischen dem ersten Stock und dem Erdgeschoss stecken geblieben …

Schredder und Schriller haben Oma wie immer stürmisch begrüßt.

»Eine Geschichte!«, hat Schredder verlangt.

»Keksi! Gummibärli!«, hat Schriller gerufen.

»Du bist heute auch zu Hause, Manuel?« Oma hat mich jetzt erst bemerkt. Dabei bin ich schon die ganze Zeit in meinem Schlafanzug im Vorzimmereck gestanden und habe alles beobachtet.

»Ja«, hab ich gesagt. »Ich fühl mich nicht so gut.«

»Dann husch ins Bett«, hat Oma gesagt.

»Ganz so schlimm ist es auch wieder nicht«, hab ich erwidert. Und wir haben ein bisschen geplaudert.

Während unseres kurzen Gesprächs muss Schredder in mein Zimmer geschlichen sein. Als ich hineinkomme, sitzt er auf meinem Bett und hält das Begleitheft zu meinem neuesten Gameboy-Spiel in der Hand. Das, wo alle möglichen Tricks verraten werden, wie man das Spiel schneller schafft.

Ritsch! Schon beim Öffnen der Zimmertür hab ich dieses Geräusch gehört, jetzt hör ich es wieder. *Ritsch!* Seelenruhig reißt Schredder Seite für Seite aus meinem Begleitheft. Und als er mich bemerkt, reißt er die herausgerissenen Seiten schnell noch einmal quer durch.

»Miiichiii!« Ich stürze auf ihn zu.

Er rutscht seitlich in Richtung Bettende. Ein bisschen zu schnell, denn er schaut immer zu mir her, übersieht, dass das Bett schon aus ist, und plumpst auf den Boden. Dann heult er los, dass es Schriller alle Ehre gemacht hätte.

Sofort steht Oma im Zimmer. »Manuel, hast du ihm wehgetan?«, fragt sie.

»Nein, Oma.« Ich hab ja nicht einmal die Möglichkeit gehabt, ihn zu zwicken oder durchzuschütteln, denke ich mir.

»Aber er heult doch!«

»Er ist vom Bett gefallen.«

Die Begleitheftschnitzel liegen wie Teile eines Puzzlespiels auf dem Fußboden herum. Ob ich die je wieder zusammensetzen kann?

»Hättest halt besser aufgepasst, Manuel …«

»Er hat mein Gameboy-Heft zerrissen!«

»… wenn er schon in deinem Zimmer ist.«

»Ich hab ihn nicht hereingebeten.«

Aber das hört sie nicht mehr. Sie nimmt Schredder in die Arme, macht »Ei-ei« und schmust mit ihm herum, dass er gleich aufhört zu plärren. Und draußen sind sie.

Ich sammle die Papierfetzen auf, setze sie wie ein Mosaik zusammen. Dann hol ich mir das Klebeband. Einiges kann ich retten, aber manches kann man nicht mehr lesen. Und eine halbe Seite fehlt überhaupt. Gerade die mit dem schwierigsten Gegner, der immer Tomaten wirft und dich mit geschmolzenem Käse übergießen will.

Na ja, denk ich mir, musst du's halt selber ausprobieren! Einiges hab ich sicher noch im Kopf. Ich nehme den Gameboy aus der Tasche und spiele drauflos. Plötzlich fällt mir ein, dass die anderen in der Schule sich gerade mit Luftmaschen herumplagen müssen. Da kann es auch nicht so

●

viel schlimmer sein, mit geschmolzenem Käse übergossen zu werden, liebes Tonband-Tagebuch, was meinst du?

Nach zwei Stunden kommt Oma ins Zimmer und sagt: »Wenn du krank bist, solltest du aber nicht Gameboy spielen!«

Ich räume den Gameboy schnell weg. Gerade hab ich ohnehin mein letztes Leben verloren und der Schmelzkäse ist mir auch schon über. Hoffentlich gibt es mittags nicht Pizza mit geschmolzenem Käse, denke ich mir.

Und ich nehme wieder mein »Sprachbastelbuch« zur Hand und lese und blödle vor mich hin, liebes Tonbuch-Tageband:

Kommt die Mama mittags heim,
kocht sie Schredder Haferschleim.
Davon wird ihm immer schlecht.
Das geschieht dem Schredder recht!

9

Liebes Tonband, jetzt ist die erste Seite von der Diktier-Kassette schon fast voll. Ich werde sie bald umdrehen müssen. Auf jede Seite gehen fünfundvierzig Minuten drauf. Fünfundvierzig Minuten! Erstaunlich für so eine winzige Kassette.

Meine Stimme ist mir immer etwas fremd, wenn ich die Kassette anhöre. Sie klingt ein bisschen anders, irgendwie höher und heiserer und ein klein wenig blechern. Ich kann das schlecht beschreiben. Irgendwie klingt es nach mir und dann doch wieder nicht ganz. Vielleicht hätte Emanuel so eine Stimme. Aber die würde dann wieder anders anders klingen, wenn man sie aufnimmt!

Es wird am Mikrofon liegen. Das ist ja auch nur ganz klein. So ein eingebautes Mikro, in das man ganz genau hineinsprechen muss. Sonst wird es zu leise. Und undeutlich. Und …

Jetzt war das Band aus. Ich hab es umgedreht. Zuerst hab ich nicht einmal gemerkt, dass es aus war, und hab weitergesprochen. Es hat nämlich gar nicht geklickt oder so. Aber dann hab ich auf einmal gesehen, dass der Zähler sich nicht weiterdreht. Und da wusste ich, das Band ist voll. Meine letzten Sätze waren auch gar nicht mehr drauf. Aber jetzt läuft die zweite Seite.

Toll finde ich, dass sich das Band von selber abschaltet, wenn ich ein paar Sekunden lang nichts sage. Und neu einschaltet, wenn ich wieder spreche. Da muss ich nicht immer auf den *stop*-Knopf drücken und dann auf die *record*-Taste. Was so ein kleines Ding alles kann! Ich bin Onkel Hannes nachträglich richtig dankbar.

Ah, Onkel Hannes … da fällt mir was ein. Er war vor kurzem zu Besuch bei uns. Weil er Namenstag hatte. Da besucht er uns immer und wir schenken ihm was. Zumindest backt Mama für ihren Bruder einen Kuchen und Oma macht ihr berühmtes Orangen-Gelee dazu. Das ist durchsichtig und orangefarben zugleich und schmeckt allen.

Wir sitzen also in der Küche um den Tisch, gratulieren Onkel Hannes dazu, dass er Johannes heißt, und essen dünn geschnittene Kuchenstücke mit einer dicken Schicht Orangen-Gelee darauf. Mama hat auch Schlagobers gemacht, weil Onkel

Hannes so gerne Schlagobers auf dem Kuchen und im Kaffee hat. Eine schaumige, weiße, hohe Schlagoberskrone – »feinste Sahne« würden die Werbeleute im Kabelfernsehen sagen.

Mama hat eine Schlagobersmaschine, die ein bisschen aussieht wie eine schmale und hohe Kaffeekanne. Unten gibt man den Inhalt von einem Becher Schlagobers hinein. Dann schraubt man den Deckel zu und steckt oben am Rand eine Patrone drauf, in der Stickstoff oder so was ist. Dann zischt es und das Obers wird ganz flaumig und schaumig, ohne dass man einen Mixer dazu braucht.

Onkel Hannes nimmt die Maschine und zaubert sich einen weißen Hut auf den Kaffee. Und einen hohen Schneeberg auf seinen Orangen-Gelee-Kuchen. Dann stellt er die Maschine neben sich auf den Tisch zurück. Weil Onkel Hannes so selten da ist, weiß er nicht, dass man in die Nähe von Schredder und Schriller nichts Gefährliches hinstellen darf …

Was, glaubst du, passiert, liebes Tonband? Genau! Schriller grabscht sich blitzschnell die Schlagobersmaschine, richtet sie wie eine Pistole auf Onkel Hannes und drückt ab.

Ein weißer Schaumstrahl trifft den Onkel mitten ins Gesicht.

Ein zweiter verziert seinen dunklen Anzug.

Papa will Schriller die Maschine entreißen, aber Schriller schrillt los und drückt noch einmal ab. Weil Papa auf der einen Seite zieht und Schriller auf der anderen, geht der Schlagobers-Schuss diesmal nicht direkt auf Onkel Hannes, sondern an die Zimmerdecke.

Eine weiße Obers-Wolke hängt einen Augenblick neben der Lampe.

Dann pflatscht sie Onkel Hannes auf den Kopf.

Wir können uns nicht mehr halten, Mama nicht, Oma nicht und ich schon gar nicht! Wir lachen und prusten drauflos, so laut, dass sogar Schriller aufhört zu schrillen. Schredder grinst und zerlegt eine Papierserviette. Nur Papa versucht ein ernstes Gesicht zu bewahren, aber auch er hält das nicht sehr lange durch.

Den Gesichtsausdruck von Onkel Hannes werde ich mein Leben lang nicht vergessen. Er schaut drein, als wäre gleichzeitig seine Firma pleitegegangen und seine Hose hinten aufgeplatzt.

Ein weißer Irokesenkamm ziert sein dunkles Haar.

Die Nase ragt aus einem Schlagobers-Gletscher.

Der teure Anzug hat ein neues Muster bekommen, weiß auf schwarz.

»Feinste Sahne«, sage ich kichernd.

»Johannes, alles Gute zum Schlagobers-Tag!«, lacht Mama. Dann steht sie auf und bringt eine Küchenrolle zum Abwischen. Und Papa geht ins Schlafzimmer, um seinen schönen Anzug zu holen, damit er ihn Onkel Hannes borgen kann.

●

Onkel Hannes hat bisher kein einziges Wort gesagt. Er verschwindet mit Anzug und Küchenrolle unterm Arm im Badezimmer, knallt die Tür hinter sich zu. Wir hören, wie er die Dusche aufdreht.

Einige Minuten später rauscht der Haarföhn. Dann kommt Onkel Hannes aus dem Bad zurück, in Papas Anzug, der ihm um den Bauch herum zu eng ist. Viel wird er darin nicht mehr essen können.

Und weißt du, was für mich das Erstaunlichste ist, liebes Tonband? Onkel Hannes tut, als ob nichts geschehen wäre! Mit keinem Wort erwähnt er das Schlagobersunglück und er schimpft auch nicht mit Schriller oder mit uns, weil wir gelacht haben. Es ist, als wäre überhaupt nichts passiert!

Papa ist inzwischen auf die Leiter geklettert und hat die Küchendecke geputzt, Mama hat den Tisch abgewischt, Oma hat alle Teller und Kuchengabeln, auf denen Schlagobers war, in den Geschirrspüler gegeben. Ich habe die leere Schlagobersmaschine ausgewaschen und außer Sicht geräumt. Auf dem Tisch stehen neue Teller und Tassen und der angeschnittene Kuchen und das halbvolle Glas Orangen-Gelee. Man könnte glauben, dass wir heute das Schlagobers einfach vergessen hätten.

Schredder und Schriller spielen mit Oma im Kinderzimmer.

Onkel Hannes nimmt sich ein Stück Kuchen auf den Teller und bestreicht es mit Gelee. Er isst und trinkt Kaffee und beginnt von seiner Firma zu erzählen. Die Hälfte davon versteh ich nicht, aber er redet ja mit Mama und Papa.

Plötzlich dreht er sich zu mir und fragt: »Und du, Manuel, hast du Freude mit deinem Diktiergerät?«

»Ja, Onkel Hannes«, sag ich. »Eine Riesenfreude! Ich verwende es als Tagebuch und hab schon die halbe Kassette vollgesprochen.«

Onkel Hannes schiebt ein großes Kuchenstück in seinen Mund, denkt nach, kaut und sagt dann: »Wenn du magst, gib mir die Kassette mit. Ich lasse sie von meiner Sekretärin abtippen, wenn die mal nichts zu tun hat. Dann hast du dein Tagebuch auch schriftlich. Schwarz auf weiß.«

Um Gottes willen, nein!, denke ich. Nur das nicht! Dann kann *er* ja alles lesen, was ihn gar nichts angeht. Und noch schlimmer: auch das, *was* ihn angeht!

Ich fühle mich innen drin ganz zittrig. Zum

Glück fällt mir eine gute Antwort ein: »Sehr lieb von dir, Onkel Hannes«, sag ich freundlich. »Aber weißt du, es ist irgendwie mehr ein *geheimes* Tagebuch!«

10

In der Nacht hab ich von Emanuel geträumt, liebes Tonband. Ich weiß nicht mehr genau, wie er ausgesehen hat. Aber ich war mir ganz sicher, dass *er* es ist – Emanuel, mein eigener Zwilling.

Im Traum haben wir zusammen ein Zimmer gehabt, ein riesiges Zimmer mit einem Stockbett und einem Aquarium. Wir haben gemeinsam die Fische gefüttert und beobachtet, er auf der einen, ich auf der anderen Seite. Und wir haben jeder einen Lieblingsfisch gehabt. Meiner war ein kleiner gelblicher und Emanuel hatte einen größeren gestreiften, der war ganz dünn und flach und hat immer das Maul auf- und zugemacht.

Im Stockbett bin ich oben gelegen und er unten. Wir haben unsere Gameboys mit dem Kabel verbunden und gespielt – er unten und ich oben. Alle möglichen Gameboy-Spiele haben wir durchprobiert: Abenteuer-Games, Golf, Fußball …

Dann haben wir Lust auf richtigen Fußball bekommen. Wir haben uns die Trainingsanzüge angezogen, meiner war blau, seiner rot. Komisch, an das alles erinnere ich mich so gut. Ich könnte es aufzeichnen! Nur wie sein Gesicht ausgesehen hat, das weiß ich nicht mehr. Ganz ähnlich wie meines? Oder doch anders?

Auf der Fußballwiese waren schon andere Kinder, größere. Aber sie haben uns mitspielen lassen. Emanuel und ich waren in derselben Mannschaft, ich habe Verteidiger gespielt und er Stürmer.

So gut war ich noch nie! Ich hab alle Bälle von den Gegnern abgefangen, mit dem Fuß natürlich, sonst wäre es ja Handspiel gewesen. Und ich hab mich auch getraut zu köpfeln. Davor hab ich sonst immer Angst, weil es manchmal wehtut, wenn man den Ball nicht richtig erwischt. Besonders schlimm ist es, wenn der Ball nass und schwer ist. Aber diesmal hab ich mich getraut und bin auch viel höher gesprungen als normal. Na klar, es war ja ein Traum. Aber schön war es trotzdem!

Einmal hab ich einem viel Größeren den Ball vom Fuß weggespitzelt, genau zu Emanuel hin. Und der hat draufgeknallt und der Ball war im Tor! Keine Chance für den Tormann, er hat ihn nicht einmal mehr berühren können, obwohl er sich in die richtige Ecke geworfen hat. Aber der Schuss war zu scharf.

Das war vielleicht ein Gefühl! Wir haben uns gegenseitig gratuliert, Emanuel und ich, und die anderen haben uns auch gratuliert. Der Tormann ist trübsinnig auf seinem Hintern im Tor gesessen und hat gar nicht aufstehen und den Ball holen wollen. Und die anderen Gegner haben auch nicht gerade begeistert dreingeschaut.

Das Tolle an diesem Traum war, dass ich die Szene wiederholen konnte. Wie im Fernsehen, wenn sie die Zeitlupe zeigen. Immer wieder hab ich mich gesehen, wie ich dem Großen den Ball abgenommen hab. Und wie der Ball zu Emanuel geflogen ist. Und wie Emanuel gleich aus der Drehung drauflosgeschossen hat. Und wie der Tormann durch die Luft gesegelt und immer zu spät gekommen ist. Und dann, wie wir uns umarmt und gejubelt haben.

Und die Freude in mir drin hat sich beim Wiederholen auch wiederholt.

Plötzlich hat der Wecker geläutet. Ich war ganz verdattert und hab zuerst gar nicht gewusst, wo ich bin. Dann hab ich mein Zimmer gesehen, das früher Mamas Arbeitsraum war. Aquarium war keines da und Stockbett auch nicht. Ich habe mich in meinem Einzelbett aufgesetzt und zum Fenster hinausgeschaut. Weil das Bett steht ja ganz nah am Fenster. Und draußen war es schon hell, zwar ohne Sonne, aber eindeutig Tag.

Schultag.

Ich bin ins Badezimmer und auf dem Weg dorthin hab ich Mama getroffen und wir haben uns verschlafen guten Morgen gewünscht und sie ist in die Küche gegangen, Frühstück machen.

Im Badezimmer hab ich in den Spiegel geschaut, der über dem Waschbecken hängt. Der hat drei Teile und die kann man aufklappen, weil sie gleichzeitig die Türchen vom Badezimmerschrank sind. Da hat Papa seinen Rasierer drin und das Rasierwasser und Mama verschiedene Cremetuben und Kämme und Haarspangen. Im Mittelteil ist der Haarföhn. Und die Reserve-Seife.

Ich hab mich angeschaut und war wie immer, nur halt spiegelverkehrt. Aber das bin ich gewöhnt. Dann hab ich eine Idee gehabt. Ich hab die beiden äußeren Spiegeltürchen halb aufgeklappt – und jetzt hab ich mich dreimal gesehen. Einmal im mittleren Spiegel von vorne und zweimal von der Seite. Das war komisch.

Der Rechte-Seite-Manuel hat auf der Wange eine kleine weiße Zahnpastaspur gehabt.

Beim Linke-Seite-Manuel ist über dem Ohr ein Haarbüschel schräg weggestanden.

Der mittlere ist mir am bekanntesten vorgekommen. Das bin auf jeden Fall ich, hab ich mir gedacht. Aber der links oder rechts – könnte so Emanuel in meinem Traum ausgesehen haben?

Ich habe wieder keine Antwort darauf gewusst. Ich habe mir einfach sein Gesicht nicht gemerkt. Aber ich war mir die ganze Zeit sicher, dass es Emanuel war. Wer denn sonst!

Dann hat Papa ungeduldig an die Badezimmertür geklopft.

Ich habe mir schnell kaltes Wasser ins Gesicht geschüttet, damit ich ganz wach werde. Dann hab ich die Türchen wieder zugeklappt, obwohl ich wusste, dass Papa seins mit dem Rasierer drin gleich wieder aufklappen wird. Aber ich wollte meine Spuren verwischen. Nur die weiße Zahnpastaspur ist auf dem einen Spiegel draufgeblieben. Aber die war nicht von mir, da haben sicher Schredder oder Schriller mit ihren Zahnbürsten ein Wettspritzen veranstaltet …

Schredder und Schriller sind übrigens in meinem Traum nicht vorgekommen.

11

Meine Fußballbilder-Sammlung ist wieder ein Stück gewachsen. Die Verluste durch Hugo hab ich schon längst wieder wettgemacht. Drei Mannschaften hab ich überhaupt komplett, samt Trainer, Mannschaftsbild und Vereinswappen.

Leider ist die Sammlerei ein richtiger Taschengeldfresser. Mein ganzes Geld geht dabei drauf und ich kann mir nicht einmal zwischendurch ein Mickymaus-Heft kaufen. Natürlich könnte ich, aber dann hätte ich weniger Geld für die Bilder. Und irgendwie bin ich so ehrgeizig, dass ich das ganze Album vollhaben möchte, bevor die Meisterschaft aus ist. In der nächsten Saison ist es ja auch nicht mehr aktuell. Weil dann wechseln sicher viele Spieler ihren Verein – und Trainer sowieso!

Markus hat sein Sammelalbum schon fast voll. Er hat ja auch mehr Geld als ich. Aber manchmal auch mehr Pech. Den Ersatztormann vom SCR hat er elfmal. Und keiner will mit ihm tauschen, weil ihn jeder schon hat. Elfmal! Und noch dazu einen

Ersatztormann, den keiner kennt, weil er nie zum Einsatz kommt. Im letzten Päckchen, das Markus sich gekauft hat, war er schon wieder drin. Markus könnte eine ganze Mannschaft nur mit ihm aufstellen!

Markus und ich spielen jetzt fast jeden Tag auf der Wiese hinter der Schule Fußball. Oft sind nur wir zwei da. Dann spielen wir Einschießen. Ich bin der Tormann, weil Markus ja eine Brille hat. Und wenn der Boden nicht allzu trocken und hart ist, flieg ich auch gern durch die Luft und boxe die Bälle aus dem Tor.

Ab und zu muss ich daran denken, was die Lehrerin gesagt hat: »Ihr kommt mir vor wie richtige Zwillinge!« Das Komische ist, Markus ist im Sternzeichen wirklich Zwilling. Ich nicht, ich bin Krebs. Aber das ist mir egal, an die Sternzeichen und Horoskope glaub ich sowieso nicht. Meistens.

Weil Herr Maier nicht will, dass die Kinder auf die Fußballwiese pinkeln, dürfen wir im Frühjahr und Sommer auch nachmittags das Schulklo benützen. Er sperrt uns das Klo neben dem Turnsaal extra auf.

Herr Maier ist unser Schulhausmeister. Er hat selber gern Fußball gespielt, als er jünger war, und eine Zeit lang war er Trainer bei einer Jugendmannschaft. Oft schaut er uns beim Spielen und Einschießen zu. Und manchmal riskiert er auch selber einen Schuss. Dann muss ich im Tor besonders aufpassen, denn der Herr Maier kann den Ball so verflixt gemein treffen, dass der sich im Fliegen dreht und ganz woanders ankommt, als man es erwartet.

Gestern war ein super Fußballwetter, nicht zu heiß, nicht zu kalt. Eine Menge Kinder waren auf der Wiese. Die haben gar nicht alle Fußball gespielt. Ein paar Mädchen haben sich mit ihren Hüpfgummis abgegeben. Einige Größere haben Volleyball gespielt. Und ganz in der Ecke waren drei mit einem Baseballschläger und haben den Ball nie getroffen.

Markus hat eine große Flasche Zitronenlimonade mitgehabt und nach gar nicht so langer Zeit hatten wir sie leer getrunken. Und kurz danach … Zum Glück hat der Herr Maier das Turnsaal-Klo wieder aufgesperrt gehabt. Wir legen also den Ball neben die Torstange und wollen pinkeln gehen. Als wir ins Klo kommen, sehen wir, wie gerade die Tür zu einer Kabine zugeht und der Hugo aus der Vierten darin verschwindet.

Kein Zweifel, er ist es!

Außer ihm und uns beiden ist niemand im Raum.

Markus und ich werfen uns einen schnellen Blick zu. Wir nicken beide. Worte brauchen wir nicht, dazu kennen wir uns zu gut.

Markus deutet auf den grünen Eimer, der neben der Wasserleitung steht. Ich strecke den Daumen hoch und stimme begeistert zu.

Hugo hat sich mittlerweile auf dem Klo niedergelassen, er sitzt und summt vor sich hin.

Wir füllen den Eimer mit Wasser, unbemerkt, weil an der Pissrinne dauernd die Spülung rauscht.

Dann macht Markus mir die Räuberleiter. Ich klettere mitsamt dem Eimer hinauf. Es ist nicht leicht, das Gleichgewicht zu halten. Aber zum Glück haben wir den Eimer nur halbvoll gemacht. Und eine Hand hab ich ja noch frei, um mich am oberen Rand der Klokabine festzuhalten.

Jetzt bin ich oben.

Als ich hinunterschaue, sehe ich Hugo auf seinem Thron sitzen.

Ich gebe Markus mit einer Kinnbewegung das Zeichen.

Plötzlich beginnen wir beide markerschütternd zu schreien. Schriller hätte seine Freude gehabt! Wir brüllen und schreien, Markus von unten, ich von oben. Es klingt wie eine Horde Monster in einem Gruselfilm.

Hugo fährt erschrocken hoch. Er kann sich nicht erklären, was los ist. Sein Mund steht weit offen.

Jetzt muss ich einen Moment lang meine Hand von der Klowand nehmen. Ich balanciere auf der Räuberleiter. Mit beiden Händen hebe ich den Eimer hoch und kippe ihn um.

Ein Wasserschwall prasselt auf Hugo herab.

Ich verliere das Gleichgewicht, springe von der Räuberleiter. Werfe den Eimer in die Ecke. Renne mit Markus hinaus.

»Nein! Nein!«, hören wir Hugo hinter uns schreien. »Hilfe! Mama!!«

Draußen können wir uns vor Lachen nicht halten. Aber wir laufen sofort zu unserem Tor und spielen weiter. Als wäre nichts gewesen. Als hätten wir die ganze Zeit nur trainiert. Als hätten wir nie Durst bekommen und keine Literflasche Limonade geleert. Da fällt uns auf, dass wir vor lauter Aufregung vergessen haben zu pinkeln …

Ich habe mir meine Tormannkappe aufgesetzt, damit Hugo mich nicht gleich erkennt, wenn er herauskommt. Den Klo-Eingang behalte ich im Auge. Lange Zeit passiert gar nichts, keiner geht rein, keiner kommt raus. Gibt's das, dass so lange niemand muss?

Weil ich immer aus den Augenwinkeln zum Eingang rüberschiele, schießt mir Markus einige Tore rein – leichte Bälle, die ich sonst sicher gehalten hätte.

Langsam werd ich unruhig. Warum kommt Hugo nicht heraus? Ist er womöglich ohnmächtig geworden? Oder hat er gar einen Herzinfarkt gekriegt? Aber nein, den kriegen nur Erwachsene!

Aber ... irgendwie ist es in mir jetzt so vermischt. Mein erster Gedanke war: Rache ist süß. Aber ganz so süß ist es jetzt nicht mehr. Vielleicht ist ihm doch was passiert. Das wollte ich nicht. Erschrecken schon – aber mehr nicht. Heimzahlen eben.

Warum kommt er nicht?

Ob ich nachschauen soll? So tun, als ob ich pinkeln müsste. Muss ich ja auch. Vielleicht geht Markus mit.

Aber wenn Hugo dann sofort merkt, dass *wir* es

waren? Und ausrastet vor Wut? Größer und stärker als wir ist er allemal.

Gerade als ich Markus zu mir herwinken will, seh ich den Herrn Maier. Er kommt mit einer Großpackung Klopapier von seinem Auto und geht in das Turnsaal-Klo.

Ob wir abhauen sollen? Einfach weg?

Aber irgendwas hält mich in meinem Tor und ich klebe so fest, dass mir Markus schon wieder eins reinschießt.

Dann seh ich plötzlich Herrn Maier und Hugo. Ich zieh mir die Schirmkappe tief in die Stirn, knie mich hin und tu so, als müsste ich meine Schuhbänder neu binden.

Hugo ist tropfnass, von oben bis unten.

Herr Maier hat den Arm um seine Schultern gelegt und spricht leise zu ihm. Ich kann kein Wort verstehen.

Hugo sieht aus der Ferne gar nicht aus wie ein Viertklässler. Eher wie ein Schulanfänger, der in die Hose gemacht hat.

Sie gehen zu Herrn Maiers Auto und fahren weg. Wahrscheinlich bringt er ihn heim.

Ich habe ein ganz trockenes Gefühl im Mund.

»Na ja«, sag ich zu Markus.

»Hm«, sagt er.

Dann müssen wir trotzdem noch einmal lachen. Gleichzeitig – wie Zwillinge.

12

Oma ist da. Und ich sitze allein in meinem Zimmer. Hab den Schlüssel zweimal umgedreht.

»Sei nicht immer gleich so eine beleidigte Leberwurst«, hat sie zu mir gesagt.

Und Schredder und Schriller haben gekichert und sie nachgemacht: »Leberwurst! Leberwurst! Manuel Leberwurst!«

Da hat's mir dann gereicht und ich bin abgerauscht, mit Türenknallen und so.

Aber am besten fang ich von vorn an, liebes Tonband. Sonst kennt sich ja keiner aus. Wahrscheinlich nicht einmal ich, wenn ich mir das Ganze in zwei Wochen anhöre.

Oma ist da, obwohl es Nachmittag ist. Mama und Papa sind heute bis zum Abend in der Schule, weil sie Konferenz haben. So eine Besprechung, wo es um die Noten geht. Und wer durchfällt und wer eine schlechte Betragensnote kriegt, weil er sich nicht benehmen kann. Oder dauernd zu spät kommt. Oder sich im Religionsunterricht immer in dem großen Schrank versteckt, wo der Diaprojektor und der CD-Player drin sind. Das hat mir Mama einmal erzählt.

Jedenfalls sind Schredder und Schriller sowieso Omas Lieblinge. Weil sie so klein und lieb sind. Die hat eine Ahnung. Klein und lieb! Boshafte Zwerge sind sie. Das weiß ich aus bitterer Erfahrung.

Angefangen hat es schon beim Mittagessen. Schredder hat sein Saftglas umgeschüttet – genau mir auf die Hose. Das war ein blödes Gefühl, der klebrige kalte Himbeersaft auf meinem Oberschenkel. Aber Schriller hat es so gut gefallen, dass er sein Glas gleich auch umgekippt hat. Diesmal hat Omas Schürze dran glauben müssen.

Ich hab die Hose sofort gewechselt. Nach dem Umziehen komm ich an den Esstisch zurück und sehe, wie Schredder und Schriller gerade mein Stück Kuchen verspeisen. Oma ist beim Geschirrspüler gestanden, mit dem Rücken zu ihnen, und hat nichts gesehen. Wie immer.

»Gut!«, hat Schriller gemampft.

»Njam-njam-njam.« Schredder hat hungriges Baby gespielt.

Auf meinem Teller lagen nur noch ein paar Brösel.

●

Im Wohnzimmer wollte ich dann ein bisschen fernsehen, einen spannenden Cowboyfilm. Anfangs ging das auch gut. Schriller saß auf dem Boden und hat gezeichnet. Was er so unter Zeichnen versteht. Er sitzt da und hat zig Stifte vor sich liegen und dann macht er einmal einen roten Strich und dann einen blauen Strich und vielleicht eine grüne Wellenlinie und einen gelben Kreis. Kreis – dass ich nicht lache. Ein Osterei ist rund dagegen!

Schredder hat Papas altes Notizbuch erwischt und konzentriert Blatt für Blatt herausgerissen. Langsam und ruhig. Er hat darauf geachtet, dass alle Blätter regelmäßig aussehen, und hat eines auf das andere gestapelt. Am Ende war vom ganzen Notizbuch nur noch das Umschlag-Gerippe übrig. Und natürlich der Stapel Zettel.

Im Fernsehen hat gerade ein Verbrecher das Pferd des Haupthelden entführt und ihm in einem Hinterhalt aufgelauert. Jetzt muss er gleich um die Wegbiegung kommen, um sein Pferd zu –

Da schrillt Schriller plötzlich auf, dass es mich vor Schreck aus dem Sessel hebt!

Ich sehe, dass Schredder Schrillers Bild in der Hand hält und eine Ecke nach der anderen abreißt. Wahrscheinlich war ihm langweilig und er hat sich nach Papas Notizbuch ein neues Opfer gesucht.

Schriller schaltet seinen Turbo-Schriller ein. Lautstärke zehn.

Schredder macht sich unbeirrt an der dritten Ecke zu schaffen.

Ritsch!

Schriller versucht Schredder das Bild zu entreißen. Als es ihm nicht gelingt, beißt er Schredder in die Hand.

Schredder reißt die vierte Ecke ab – und dann beginnt er zu schreiheulen. Oder heulschreien.

Jetzt schrillen beide.

Oma rast herein.

Und was glaubst du, liebes Tonband, wen schaut sie zuerst an? Mich! Natürlich. *Mich* fragt sie, was denn hier los sei. Ich wollte ja nur harmlos fernsehen. Und hab weder gezeichnet noch gerissen oder gebissen oder geschrien.

Und dann hat auch noch die alte Frau Hofmeister geklopft und sich über die Störung der Mittagsruhe beklagt. Das war Oma besonders peinlich. Ihr ist alles so leicht peinlich. Und sie hat sich tausendmal entschuldigt bei der Frau Hofmeister.

Und dann hat sie mit uns geschimpft.

Vor allem mit mir.

»Manuel, du bist schon groß«, hat sie gesagt. »Du musst *sofort* eingreifen, wenn die Zwillinge zu streiten beginnen! Sonst geht es so aus wie heute.«

Aber alles ist so schnell passiert, dass der Cowboy im Fernsehen nur ein paar Schritte machen konnte. Und den Hinterhalt, in den ihn der Verbrecher locken wollte, hab ich jetzt überhaupt versäumt …

Später sind wir dann mit Oma rausgegangen, das Wetter war ja schön. Schredder und Schriller mit ihren Dreirädern, ich mit dem Fahrrad.

»Fahr nicht zu weit vor, Manuel!«, hat Oma gerufen.

Langweilig, so was! Aber Hauptsache, die Zwillinge geben eine Zeit lang Ruhe.

Dann ist natürlich Schriller mit dem Dreirad umgekippt und hat losgeschrillt wie nur was. Oma hat ihn getröstet. Und bei der nächsten unebenen Stelle hat es Schredder erwischt. Da wächst eine Baumwurzel unter dem Asphalt und der ist ganz wellig, weil die Wurzel schon so groß und dick ist.

Schredder hat sich die Nase aufgeschürft.

Oma hat ihm drei Gummibärchen gegeben, zum Trösten.

Und Schriller hat natürlich auch drei bekommen, damit er nicht gleich wieder schrillt.

Sogar ich hab welche gekriegt.

Beim Spielplatz hab ich mein Rad ins Gras gelegt und Oma beim Schaukeln geholfen. Auf der einen Schaukel ist Schredder gesessen und ich habe ihn gehalten, damit er nicht runterplumpst. Auf der anderen Schaukel hat Oma dasselbe mit Schriller gemacht. Das waren die einzigen fünf Minuten, wo alles gut gegangen ist.

Auf dem Heimweg haben wir beim Kletterbaum Halt gemacht. Oma hat zuerst Schredder auf den niedrigsten Ast gehoben, dann Schriller. Natürlich können die beiden noch nicht klettern. Aber sie sitzen gern da oben und sagen, sie sind in einem Flugzeug oder einem Hubschrauber oder einer Mondrakete.

Ich hab inzwischen aufgepasst, dass der andere Zwilling nicht in die Brennnesseln greift, die neben dem Kletterbaum wachsen. Das ist verdammt schwierig, liebes Tonband, das kannst du mir glauben. Vor allem, wenn mitten in den Brennnesseln ein paar schöne Blumen wachsen, die Schredder und Schriller unbedingt pflücken wollen. Mohnblumen und wilde Kamille und so.

Und was ist der Dank für das ganze Aufpassen und Herumwarten? Schredder und Schriller, die von ihrem Mondausflug auf die Erde zurückgekehrt sind, flüstern miteinander in ihrer Geheimsprache. »Raftn-däptn-häptn-haftn«, kann ich Schriller sagen hören. Oder so was Ähnliches. Und Schredder nickt und geht hin und beschmiert meinen Fahrradsattel mit dreckiger Erde.

Am liebsten hätte ich alle zwei in die Brennnesseln geschmissen!

Zu Hause blieb mir nach alldem nur die Flucht in mein Zimmer. Zuerst zu meinem Gameboy. Dann zu dir, liebes Tonband. Jetzt, wo ich alles ausgesprochen habe, ist mir ein bisschen leichter. Das ist schön. Ob ich über Schredder und Schriller ein Gedicht machen soll? Ich glaube, mir fällt etwas ein!

Schredder zerknüllt und Schriller schrillt.
Schredder zerreißt und Schriller beißt.
Schredder patzt und Schriller kratzt.

Da fehlt noch ein Schluss. Vielleicht so:

Fallen sie vom Kletterast,
hat Manuel nicht aufgepasst.

13

Es ist richtig spät geworden heute, liebes Tonband. Bald ist es Mitternacht. Ich liege auf meinem Bett, bin aber noch urmunter. Und ich fühle mich gut, so gut wie schon lange nicht. Das hat mehrere Gründe.

Erstens: Geburtstag! Ich bin neun.

Zweitens: Morgen ist keine Schule und ich darf aufbleiben, solange ich will.

Drittens: Ich habe ein gutes Gespräch mit Mama und Papa gehabt.

Aber der Reihe nach, eins nach dem anderen!

Es ist eigenartig, aber mit neun fühlt man sich schon richtig groß. Anders als gestern noch. Ich kann's nicht erklären. Aber ich glaub nicht, dass ich mir das nur einbilde. Vielleicht ist es so: Man wird von Woche zu Woche ein kleines bisschen älter und reifer, aber das merkt man nicht richtig. Und dann zum Geburtstag klickt es irgendwie – und alles ist auf einmal da. Wie wenn man im Computerspiel einen neuen Level erreicht.

Jedenfalls ist es mir seit heute Früh leichter gefallen, die Launen von Schredder und Schriller zu ertragen. Und das Geburtstagsfest hat mich auch für vieles entschädigt. Alle meine Freunde waren da, Markus und Matthias, Georg und Stefan und Barbara. Und jeder von ihnen hat mir einige Packungen Fußballer-Bilder mitgebracht. Das hab ich mir so gewünscht. Und in den Packungen waren diesmal gar nicht so viele doppelte Bilder wie sonst. Der Ersatztormann vom SCR war überhaupt nicht dabei. Vielleicht schaff ich es doch noch und kriege mein Album voll! Damit hab ich gar nicht mehr gerechnet.

Oma hat eine Nusstorte gebracht, Mama hat zwei Backbleche Obstkuchen gebacken. Der schmeckt mir so gut, besonders wenn Mandelsplitter drauf sind. Meine Freunde waren derselben Meinung wie ich. Und diesmal hat niemand die Schlagobersmaschine zu nahe zu Schredder und Schriller gestellt. Alles ist gut gegangen.

Onkel Hannes hat mir aus Hamburg einen winzig kleinen Briefumschlag geschickt. Er ist gerade auf Dienstreise für seine Firma, darum konnte er nicht selber zu meiner Feier kommen. So einen kleinen Umschlag hab ich noch nie gesehen! Gerade dass die Adresse und die Marke draufgegangen sind.

Wie ich ihn aufgemacht habe, hab ich mich sehr gefreut: Eine neue Diktier-Kassette war drin! Wieder eine, die neunzig Minuten lang läuft. Die kann ich gut brauchen, denn meine erste Kassette ist schon fast voll. Die, auf die ich im Moment draufspreche, liebes Tonband!

Mitten in der Feier, als wir alle fröhlich um den Tisch gesessen sind, ist mir plötzlich ein komischer Gedanke gekommen. So einer, den man nicht selber denkt, der einem irgendwie in den Kopf schießt. Ob ich für Emanuel ein kleines Stück Torte aufheben soll, hab ich mich gefragt. Aber wo sollte ich es hintun? Und wenn mich jemand fragt, für wen es ist? Die halten mich ja für verrückt.

Der Gedanke war aber nur kurz in meinem Kopf. Nach dem Kuchenessen sind wir hinausgegangen und haben Ball gespielt. Da war die Idee schon wieder weg. Jetzt kommt sie mir schon selber komisch vor. Vielleicht brauch ich den Emanuel gar nicht mehr so dringend, weil ich ja schon neun bin!

Schredder und Schriller, bewacht von Oma und

Papa, haben beim Ballspielen zugeschaut. Wir haben Abschießen gespielt und Ball-über-die-Schnur. Die Schnur war Mamas Wäscheleine und Papa hat sie zwischen zwei Lampen auf dem Vorplatz vor unserem Hochhaus gespannt. Und weil ja mein Geburtstag ist, haben sich heute nicht einmal die alten Hofmeister aufgeregt.

Während wir gespielt haben, hat Mama Küche und Esstisch aufgeräumt. Und im Wohnzimmer alles vorbereitet, damit wir es für unser Gameboy-Turnier gemütlich haben. Matthias hat sein Verbindungskabel mitgehabt. Es war spannend und einmal hat Barbara gewonnen, einmal ich!

Und dann haben wir alle gemeinsam meine neuen Fußballbilder ins Album geklebt. Ein Bild, das ich siebenmal hatte, habe ich Schredder geschenkt, weil er gar so gebettelt hat.

Ritsch!

Aber sogar darüber konnte ich heute lachen.

Morgen ist Sonntag. Keine Schule. Ich genieße den Rest meines Geburtstags bis zur Geisterstunde. Die Zwillinge schlafen schon lange, Mama seit kurzem. Nur Papa ist noch auf. Er sieht sich im Fernseher einen Krimi an. »Als Abwechslung zum langweiligen Hefte-Korrigieren!«, hat er lachend gesagt.

Als Schredder und Schriller im Bett waren, sind wir noch lange im Wohnzimmer beisammen gesessen. Wir drei Großen, Mama, Papa und ich. Und haben geredet. Hin und her. Über alles und jedes. Das war schön. Und lustig. Mir ist so viel eingefallen, worüber man lachen kann.

Am Ende hab ich sogar über Dinge lachen müssen, die eigentlich gar nicht lustig sind. Ich hab »Staubsauger« gesagt und mich zerkugelt. Oder »Telefonhörer« – und einen Lachkrampf gekriegt. Ich weiß nicht, ob du das verstehst, liebes Tonband. Aber am Ende hat sogar Papa mitgelacht, weil ich so fröhlich war. Dann ist er aber ernst geworden und hat gesagt: »Manuel, ich muss mit dir reden.«

Da bin ich fast erschrocken, weil das *so* ernst geklungen hat.

Und dann hat er gesagt: »Es tut mir leid, Manuel, aber ich habe unabsichtlich ein Stück von deinem Tonband gehört. Michi und ich haben das Bilderbuch vom himbeerroten Drachen gesucht, es aber nirgends gefunden. Im Wohnzimmer nicht, im Zwillingszimmer nicht, in der Küche nicht. Dann hat der Michi gesagt: ›Manuel-Zimmer!‹ und ist flutsch in dein Zimmer gehuscht. Dort war das Buch aber auch nicht, dafür hat er plötzlich dein Diktiergerät in der Hand gehabt und damit herumgespielt. Auf einmal war es eingeschaltet. Und da hab ich dann einiges gehört. Wenn ich ehrlich bin, hab ich's nicht gleich wieder ausgeschaltet …«

Dann hat Mama gesagt: »Papa und ich haben darüber geredet. Weißt du, es tut uns leid, wenn du das Gefühl hast, wir kümmern uns nur um Michi und Peter!«

»Die brauchen eben mehr Zeit und Energie, weil sie noch so klein sind«, hat Papa gemeint.

»Und weil sie *zwei* sind«, hat Mama hinzugefügt.

»Und wenn wir wegen der Zwillinge manchmal gereizt und vielleicht zu dir ungerecht waren«, hat Papa gesagt, »dann tut uns das auch leid, Manuel.«

Und er hat mich umarmt. Und Mama auch.

»Du verstehst, was wir meinen?«

Ich habe still genickt, aber innen drin war ich ganz froh.

»Du bist unser Großer!«, hat Mama gesagt.

In drei Minuten ist es Mitternacht und bald wird auch die Kassette voll sein. Ganz langsam beginne ich doch, müde zu werden. Ein bisschen zumindest. Angenehm müde.

Zum Glück hab ich schon Zähne geputzt und

den Pyjama angezogen. Ich muss nur noch das Tonband abschalten, wenn es sich nicht ohnehin von selber ausschaltet, und unter die Decke schlüpfen. Aber *vor* zwölf mach ich das sicher nicht. Ich will noch den letzten Geburtstagsrest auskosten. Auskosten – das klingt, wie wenn Schredder und Schriller Omas Tortenform ausschlecken. Gar kein so schlechter Vergleich!

Eigentlich sind Schredder und Schriller ja sehr lieb. Wenn sie nicht gerade schredden und schrillen. Sie verstehen eben nur vieles noch nicht. Aber das wird von Jahr zu Jahr besser.

Manchmal bin ich sogar fast stolz auf sie, wenn ich ehrlich bin. Weil Brüder, die Zwillinge sind, hat ja nicht jeder!